사랑을 기억하는 방식

시작시인선 0225 사랑을 기억하는 방식

개정판 1쇄 펴낸날 2017년 2월 20일
개정판 2쇄 펴낸날 2022년 11월 28일
지은이 김주대
펴낸이 이재무
책임편집 김연필
디자인 이영은
펴낸곳 (주)천년의시작
등록번호 제301-2012-033호
등록일자 2006년 1월 10일
주소 (04618) 서울시 중구 동호로27길 30, 413호(묵정동, 대학문화원)
전화 02-723-8668
팩스 02-723-8630
홈페이지 www.poempoem.com
이메일 poemsijak@hanmail.net

ⓒ 김주대, 2017, printed in Seoul, Korea

ISBN 978-89-6021-314-2 04810
     978-89-6021-069-1 04810(세트)

값 9,000원

사랑을 기억하는 방식

김주대

천년의 시작

시인의 말

　그림자가 괴물처럼 길어지는 오후는 살 속에 있던 내가
살 밖으로 빠져나가는 시간. 오후에 나는 들킨다.

차례

제2부 침묵이 고우시다

제3부 나는 나를 넣고 못질한 관이다

제4부 봄날이 목숨 같다

해설

제1부 말 하나가 몸을 빠져나간 뒤

사랑을 기억하는 방식

    산정의 어떤 나무는 바람 부는 쪽으로 모든 가지가 뻗어 있다. 근육과 뼈를 비틀어 제 몸에 바람을 새겨놓은 것이다.

풍장

바람이 허공에 새겨놓은 문자를
읽을 수 있게 되리라
살이었던 욕심을 남김없이 내려놓고
신의 발을 무사히 만질 수 있도록
영혼에서 살이 빠져나가는 시간
바람의 지문을 영혼에 새기는 일이다
넘치던 말들과 형상을 보내고
허공에 섬세하게 깃들게 되리라
꽃잎처럼 얇은 고막이 되어
지평선에 누우면
별들의 발소리가 들리겠지
살을 버린 이성은 비로소 천상을 흐느낄 것이고
혀가 된 푸른 바람이 말하기 시작할 것이다
그때에도 우리는 사랑한다고
사랑한다고

특수상대성

빛의 속도에 이르면 시간이 느려지는데
우리의 그리움은 언제나 광속을 넘는다
우리가 늙지 않는 이유이다

암흑물질

사람 사이의 거리距離에
발견되지 않은 무거운 말(言)이 있어
멀어질수록 그리운 거라네
허공을 건너오던 미소가 무게를 얻어
회전하는 은하처럼 눈물로 도달할 때
서로의 중심 쪽으로 끌려가던 눈빛
생성 이후 발견되지 않은 간격을 따라
허공을 누르던 노래가 들려오네
가지 말라고 흩어지며
볼을 비비던 약속이었네
생을 끝까지 밀고 간 자리마다
너무 커서 들리지 않는 몸의 말들
보고 싶다는, 다 할 수 없는 체온이 눈가에 번지고
서로의 귀에 입김을 불면 새어 나오는
말 이전의 환한 어둠이었네

확장되다

휘파람은 소리가 예쁜 새가 되는 게 분명해
가만히 휘파람을 불면 새들이 날아와 지저귀잖아

발바닥은 흘러가서 뱀이 되었을 거야
숲길을 밟는 몇 발자국 앞에 뱀을 본 적이 여러 번이거든

물론 한숨은 바람이 되었겠지
말하자면 왜소한 한 인간의 슬픔이 자연으로 거대해지
는 거
바람 소리를 들어봐 그건 누가 뭐래도 똑 한숨 소리야

머릿속의 생각들은 뭉글거리며 떠올라 어느 날 구름이
된 게 맞아
잊어버리고 싶을 때 구름이 소나기로 내리는 건
씻은 듯이 잊으라는 거겠지 그럴 거야

새가 되고
뱀이 되고
바람이 되고 구름이 되고
그러니까 나는 끝없이 주변으로 확장되고 있어

아니 묽어지면서 내가 없어질 때까지 넘치는 거지
사라지면서 전부가 되는 거 말야

여자를 만나 가슴이 붉어질 때 꽃이 피었고
여자를 잃고 식은땀을 흘리며 앓을 때 함께 앓던 계절
그렇지 않고서야 지난여름이 그렇게 무더웠을 수가 없
잖아

나인 것도 나 아닌 것도 없는 거기까지 살다가
모든 나가 사라지면서 전부가 되는 걸 얘기하는 거야

완전한 소통

솜이 물을 빨아들이듯
몸이 다 젖도록 시를 받아들이는 이가 있어
그이가 마를까 걱정되는 날에는
몸의 바닥으로 내려가 물의 시를 쓴다

이발하자

　배가 고파서 머리를 깎으러 갔다. 한 달 전 정도의 길이로
잘라달라고 했다. 한 달 전에는 배가 덜 고팠으니까.

죄의 화석

공룡 티라노사우루스의 붉은 뇌는 앞니만큼 작았지만 턱뼈는 발목보다 강했다. 어떤 티라노사우루스의 화석에는 티라노사우루스가 물어뜯은 흔적이 있는데, 동족상잔은 기억을 무늬로 돌이 되었다. 일억 년은 고통을 지우는 데 쓰이는 시간이 아니라 상처를 새기는 데 쓰이는 시간이었다. 전쟁은 내부에서 시작하여 외부를 핑계로 단단해지고, 잔인한 것은 영원하지만 다행히 교훈은 종족을 초월한다. 공룡 티라노사우루스의 고통은 일억 년 전에 멸망하지 않아서 지금도 돌 속에서는 죄의 대가가 진행 중이다. 어떤 죄는 13미터나 되는 것도 있는데, 닥쳐올 티라노사우루스의 미래 일억 년도 멸종에만 쓰일 것이다.

봄

늙은 겨울이 비슥이 누워 밭은기침을 하는 도랑가에
우주의 먼 길을 달려온 빛이
새 풀의 연한 머리를 쓰다듬어주고 있다

차이

너와 같은 생각으로 너를 그리면 너는 없지만
너와 다른 생각으로 너를 그리면 너는 언제나 있다

말

자정이 넘도록 잠들지 못하고 꼿꼿하게 앉아 있다면
그 몸은 그대로 목청과 혀를 버린 어떤 말일 터

등정登頂

정상에 오르기 위해 생계의 바닥에 이른다. 숨찬 바닥에서 솟구치는 목숨의 질긴 줄을 잡고 허공에 깃발을 꽂는다, 까마득히 신의 손가락에 걸었던 알 수 없는 약속 하나를 완수하기 위해.

흉터

망설이다가 그만 보고 싶다고 말해버렸다
말 하나가 몸을 빠져나간 뒤
시커멓게 뚫린 몸의 자리를 본다
오랜 시간 힘겹게 떨며 몸은 스스로를 메우고 있었다

늦봄

심장에서 흘러나간 발자국들
먼 너의 집 앞을 서성거린다
몸 밖으로 빠져나간 눈빛
이곳과 그곳 중간쯤의 어디서
떨며 너를 두리번거린다
가지 않아도 가서 초조한 발바닥과 숨소리
귀 기울이면 네 귓속에 나는 있다
돌아보면 네 눈 속에 나는 있다
언젠가 네가 보는 앞 목련처럼
툭,
불구의 목숨 놓고 말겠다

문인화

대지를 시커멓게 쓸고 지나가던 바람이 봄이 되면
풍경의 끝에 붉은 꽃 한 송이를 낙관처럼 찍어놓는다

진주

입안으로 들어가 내장에 붙은 말
상처를 감싸며 자란다
시간의 묽은 막이 둥글게 쌓이고
상처가 아물어 단단한 빛을 가질 때
아름다운 말은 은은히 온다

아버지

아버지는 돌아가셨으니 무덤에서 나이가 멈추었을 것이다
이제 아버지 나이를 거의 따라잡았다
바람 불고 외로운 아버지 외롭지 않게 친구가 될 수도 있
겠다

심장에서 발까지의 거리

　당신 간다니 또 막 두근거리는 심장. 심장에서 발까지의
거리가 멀다는 게 얼마나 다행인지. 심장 근처에 발이 있었
다면 발 저도 그만 두근두근 따라나섰을 테니까.

농민회 출정식

눈보라 속에 서 있는 눈물들 좀 봐
다 늙어버린 내 동무들 좀 봐
아버지 죽어서야 돌아갈 수 있었던 곳
아직 나 돌아가지 못하는 곳
플래카드 하나 들고 맨몸으로 출정식을 하는
젖은 어깨 검은 얼굴들 무표정 좀 봐
눈보라 속에 초점 없는 시선을 두고
어쩌자고 추운 길을 나섰노
누가 저들을 차가운 아스팔트 맨바닥 위에
저렇게 엉거주춤 세워놓았나
누가 저들의 무표정을 먹고 배를 불리나
누가 저 검은 눈물 위에 권력을 세우나
어두운 어깨 위에

우묵한 봄

빈집 버려진 소파의 우묵한 데는
엉덩이가 헛것처럼 자꾸 보인다
미처 떠나지 못한 엉덩이만 남아 옛날을 사는 걸까
행복했을 시간의 무게가 깊다
기억처럼 빗물 고이고 흙먼지 쌓이는 자리
꽃 피는 봄이나 비 오는 저녁이면
엉덩이는 남아
우묵하게 주인을 기다리기도 하는 것이다

메소사우르스 화석

기억되기 위해 너는 얼마나 억눌리고
얼마나 뜨거웠겠느냐
부패하지 않는 기억
너의 2억 5천만 년을
억눌린 자들과 함께 경배한다

앎

    내가 아는 만큼의 당신이 내 속에 격리된다. 나는 당신을 가둔 감옥이다.

골목길에, 줄

버려진 골목길 돌계단에 앉은 할머니가 아기의 발갛게 벌린 입에 아이스크림을 넣어주고 있다. 한 입 베어 문 아기는 꽤 멀리 갔다가 와서 입 벌리기를 반복한다. 이번엔 아기가 골목 어귀까지 강아지처럼 뛰어오더니 무엇에 당겨지듯 스르르 돌아가서 또 입을 벌린다. 분명 할머니와 아기 사이에 길이를 조절하는 무슨 투명 강아지줄이 있는 모양이다. 살면서 줄은 한없이 길고 가늘어져 늙어버린 아기가 골목을 벗어날 테지만, 길은 지금 아기가 제비새끼처럼 입을 따악 벌리고 있는 골목길이다.

제2부 침묵이 고우시다

목격

여자는 살이 조금도 붙어 있지 않게 미소만
얼굴에서 잘 떼어
맞은 편 탁자 위에 내려놓고 일어선다
여자가 문을 닫고 나가는 걸 본 사내는
얼른 그걸 주워 제 얼굴에 붙이고
히죽히죽히죽히죽 웃는다

저희끼리

　세상 둘도 없이 사랑하는 사람들은 세상에 둘도 없이 외로운 자들, 둘만의 사랑으로 까마득히 소외된 자들이다. 세상 같은 것 날마다 버리고 싶은 자들이니 사랑의 지극이 고독의 지극이다. 저희끼리 울며 웃으며 지상을 떠나는 두 마리 새.

여드름

　사랑을 눈치챈 심장은 떨기 시작한다. 떨림이 머리로 밀고 올라가 안면 쪽으로 빠져나갈 때 미소가 생기고, 미소가 빠져나간 자리마다 종기가 난다.

냄새의 인간

외할머니를 어머니로 알고 자라던 어린 시절의 어느 날들을 병아리와 함께 있었습니다. 책가방을 내려놓자마자 병아리 상자에 고개를 처박고 삐악거리는 소리를 마약처럼 흡입하며 어미 닭이 되기도 했지요. 울음을 그치지 않던 병아리의 투명한 부리에 파리를 밀어 넣어주며 달랬지만 몇 번 물똥을 싸고 내 곁을 영영 떠나간 병아리. 가끔 독수리나 부엉이가 되어 꿈속으로 날아오긴 했습니다만 빈 상자에 남은 톡 쏘는 닭똥 냄새를 죽은 자식 묻듯 가슴에 파묻어야 했지요. 그 후로 청년이 되어 홀로 울 때 코끝 어딘가에서 담배 연기처럼 피어나던 냄새. 사랑을 잃고 낮술에 취해 비틀거릴 때 들려오던 비명 같던 그 냄새.

승부사

붉은 혀로 허공을 핥으며
어둠의 정면을 찌른다
타고 남은 뿌리를 이고 또 타서
폭포처럼 쏟아지는 어둠의 내장에 이른다
환하게 죽도록 뜨거운 칼을 세우고
차례차례 어둠을 베어 넘긴다
굳은 눈물로 세운 몸
눈물의 뿌리가 사라질 때까지 승부한다
촛불!

적赤

　더 이상의 말씀은 멈추고 기왕에 내놓은 말씀 천천히 물
들이고 계신 담쟁이 침묵이 고우시다.

모기차는 언제 또 올까

　방바닥에 엎드려 숙제를 하다가도, 밥을 먹다가도, 뛰쳐나가 달리다 전봇대에 머리를 부딪히고 신발이 벗겨지고, 회충 없앤다고 모기차 연기를 실컷 들이마시던 아이가 까무룩 주저앉아도 뛰쳐나가, 모기차 연기로 옷을 만들고 날개를 만들고, 모기차 꽁무니에 휘날리는 뽀얗고 향긋한 치마로 얼굴을 감싸고. 연기 속으로 사라져 너무 멀리 간 친구가 돌아오지 못하는 걸 알면서도 달렸다, 길을 잃기 위해, 솜틀처럼 포근하고 따스한 세상으로 가서 돌아오지 않기 위해. 연기 속을 헤매다 너무 멀리 간 친구는 정말로 돌아오지 않았고 어른들이 후라씨를 들고 가서야 울고 있던 친구를 찾아올 수 있었지만 부러웠다. 내가 너무 멀리 와 있는데도 후라씨 불빛이 영영 찾아주지 않던 어느 날 모기차는 사라지고 자욱하던 연기가 걷히며 나는 어른이 되어 있었다. 눈물도 마른 세상의 밤길, 길에서 자주 길을 잃고 주저앉아 오지 않는 후라씨 불빛을 한참씩이나 기다리고 있었다.

종유석과 석순

울음이 돌이 되는 느린 시간이 내려오고 있다

얼마나 많은 기도를 올려야 서로의 평온에 닿을 수 있을까

동굴은 인류가 묻어 둔 눈물의 묘지

사랑도 그래서 한 방울 눈물에서 시작하여 서로에게 이르자고

혈관에 뼈가 서는 시간이다

어둠을 짚으며 고요히 우는 간격이다

시인

    종이에 쓰인 글자가 세월과 함께 지워지듯 생이 시나브
로 지워졌으면 좋겠다. 문자로 세상에 온 한 사람이 해독하
기 힘든 의미로 살다가 문자처럼 지워졌다고 또 다른 문자
가 기록해 줄 테니까.

안전한 배달

늦은 밤 빈 바구니를 실은 배달용 오토바이가 멈추어 서
자 '파랑새어린이집'에서 오줌을 쌌다는 아이가 울며 걸어
나온다. 오토바이 사내를 보고 더 서럽게 우는 아이. 모르
는 척 사내는 시동을 걸고 시트에 앉아 중심을 잡는다. 작
은 배낭을 멘 아이는 등산하듯 오토바이에 기어 올라가 노
란 바구니 속으로 들어간다. 잠깐의 침묵. 오토바이가 움
직이고 그제야 아이는 바구니를 움켜잡더니 아빠ー아 하며
해죽해죽 웃는다. 웃음을 들키지 않은 사내는 따뜻한 밥상
이 기다리는 배달처로 삼가 어둠을 달린다. 사내와 아이의
웃음이 골목길에 홱홱 뿌려진다.

보름달

혼자 소리치다 제 안을 얼마나 때렸으면
모든 밖에서 중심까지 안으로 눌러 삼킨 소리가 얼마나
컸으면
비명조차 저토록 둥글고 환해질 수 있을까

소름

언제나 마음속 깊이 있겠다던 그녀가
살갗을 빠져나와
고주망태 길바닥에 잠든 나를 깨운다
추운 살갗을 비빌 때마다 오톨도톨 묻어나오는 목소리
자기야, 얼른 집에 들어가

풍경의 완성

풍경은 빛으로 이루어진 의식이다
망막에 이르러 분절되고 파괴되지만
다시 사람과 함께 제 문장을 완성한다

좋은 사람

엘리베이터에 오르자 낯선 꼬마가 힐끗 쳐다본다. 경계하는 것인지 노래를 꼬마는 부르기 시작한다. 꼬마, 이상한 노래, 나 셋을 싣고 엘리베이터가 내려간다. 4층 3층 2층 1층 드디어 문이 열리는데 돌연 고개를 꾸벅하고는 씩 웃는 꼬마. 그리고 저쯤 떨어진 곳까지 뛰어가더니 쓰윽 귀신처럼 돌아보며 한 번 더 벌씸 웃는다. 생각해보니 참 좋은 사람 같다.

아직도 사월

아는 여자에게서 목련이 피었다고 전화가 왔다
만나는 남자가 자기를 사랑하지 않는 것 같아서
헤어지고 싶다는 힘든 결심을 밝히기도 하며

통화가 끝날 무렵 한참 머뭇거리더니
언제 고기 좀 사주면 안 되겠냐고 물었다
지금 남자는 자기에게 돈을 너무 안 쓴다고

나쁜 놈을 만난 그 여자 정말 많이 굶은 것 같았다

고개 숙여

깊어진다는 것은 언제든 몸 던질 수 있는 자기 안의 강물을 내려다보는 일

번지다

이유식을 받아먹던 아기가 웃는다
앞 아기가 손을 팔랑대며 따라 웃는다
두 엄마도 웃는다
올려다보던 강아지가 고개를 갸웃거리며 꼬리를 흔든다
꼬리에 웃음이 떨어진 모양이다

약전略傳

    초등학교 때 그림으로 상을 탔을 때 엄마가 다녀갔다
    외할머니와 살던 나는 눈치 빠르게
    미술부에 들어가 밤이나 낮이나 그림만 그렸다
    다녀갈 줄 알았던 엄마는 상을 타도 오지 않았다
    모든 풍경을 점점 희미하게 혹은 어둡게 계단처럼 그려
넣고
    그림 속으로 걸어 들어갔다
    그곳으로도 엄마는 오지 않았다
    초등학교 1학년 때 외할머니가 그려준 하마가 자라
    그림 같은 새끼를 낳고 도화지를 떠날 때까지도 엄마는
오지 않았다
    고등학교 올라가 어린 시절을 찢고
    그림 속에서 걸어 나와 술을 마시기 시작했다
    사고를 치고 퇴학 맞았을 때 엄마가 다녀갔다
    나는 그 후로 주욱 술만 마셨다, 사고 치려고

틈

세상 모든 사이에 초록은 온다

콘크리트 틈을 일군 너의 발목을 존경한다

살지 못할 사이는 없다

네게 머리를 숙이는 것이 너를 내려다보는 것이 되어 미
안하지만

사랑했다, 풀

혹은,

　찐득한 콧물을 늘 코에 붙이고 엿가위를 찰랑거리며 오던 그는, 밀고 다니는 엿판 리어카에 기대어 아무데서나 낮잠을 자던 한동네 형. 달력 속의 벌거벗은 여자를 여러 명 오려 사방 벽에 붙여놓고 히죽거리던 열 살도 더 많았던 그는, 대구 어느 공장에서 일하다가 팔 잘린 보상금으로 화장 짙은 색시와 운전수 낀 자가용을 사서 번쩍거리며 나타났던 외팔이. 색시 보러 몰려가서 병신이라고 놀리면 술 취해 소리치며 엿 장사 일도 나가지 않고 종일 색시만 지키던 형. 한 달 살고 도망친 색시 찾으러 대구로 돌아갈 때 팔다 남은 엿을 공짜로 주며 울던 남자. 엿을 받아 든 **뻔뻔한** 우리에게 미안함을 처음으로 알게 해주었지만, 대구 어느 지하도 입구에 찌그러진 그릇을 놓고 엎드려 있는 걸 봤다는 소문이 오래도록 슬펐던 사람. 나이 들어 화장 짙은 여자들을 만날 때마다 생각나던 형. 눅눅하고 어두운 방 바람벽에 옷 벗고 비스듬히 누워 있던 형의 여자들은 아직 그대로 붙어 있을까. 여자를 찾으러 달력 속의 바닷가로 가서 아주 목숨을 놓았다는, 띨빵이라고 부르던 형, 혹은 우리들의 생.

눈물

발도 없이 내 안을 떠도는 자가 있다
한사코 내장의 변두리를 지나 대면이 두려운 것처럼
추운 등으로 가서만 은밀히 말 걸어오는 자
세상의 바람을 피해 바람 부는 몸에 잘못 스며든 자
새벽이면 눈가로 와서 흘러내리기도 하는

사월에는

진달래가 붉다
개나리가 노랗다
담 너머 담 넘어 하얗게 오는 목련

죽어서 오는 사람은 꽃으로 온다더니

저러다 저 꽃들 질 때
그만
훌쩍 따라나서고 싶다

꽃

눈으로만 들을 수 있는 말이 있다

화장실에서 만난 노루새끼들

　칸막이 문을 다리로 받쳐 열어놓고 사내아이 하나가 보초를 서고 있었다. 안쪽에는 사내아이보다 머리통 하나는 더 작은 꼬마가 발목까지 내린 바지와 함께 좌변기에 높이 앉아 얼굴이 빨개지도록 끙끙거리고 있었다. 사람을 본 사내아이가 얼른 안으로 들어가 딸그락 문을 닫아걸었지만 진한 냄새를 타고 끙끙거리는 작은 소리는 한참 새어 나왔다. 얼마를 새어 나왔을까 옅어진 냄새와 함께 휴지걸이 돌아가는 소리, 뒤 로 도 라 자 돼 써 바 지 이 버 바 지, 하는 소리. 잠시 뒤 빠끔히 문을 연 사내아이는 사람을 보더니 꼬마의 손을 낚아채어 노루새끼처럼 후닥닥 뛰쳐나갔다. 사람인 것이 미안했다.

중력파

불덩어리 심장이 소용돌이를 그릴 무렵
그대와의 밖으로 계절이 퍼져 나간다
그리움을 더하여 차원마다 다른 세계가 열리고
사랑한다는 아득한 음성과 함께
당당한 시간이 목숨 쪽으로 떼 지어 번져온다
어디 있든 측량되지 않는 기호로 서로를 부르며
사랑은 치자꽃 향기처럼 운명을 관통한다
다른 곳 다른 시간을 따라 박동하는 심장
떨리는 피부에 서로를 새기면
생의 안이 다 저물도록 물결이 인다

불면

동굴 같은 심장을 밤마다 땅땅 치는 자가 있어서
몸을 열면 시커멓게 달아난다
밤새 따라갔다가 지쳐 돌아오는 새벽
나보다 먼저 내 안에 와서 울리도록 심장을 치는 그 자는
가끔 뒷덜미를 잡고 빠져나와 손도 없이 머리를 쓰다듬
는다
돌아봐도 보이지 않는다
스스로를 위로하는 공포에 시달리다가 대낮이 되어서야
나는 무사히 나를 눕힌다

방

사랑아,
나는 너로 도배된 방
너만 써놓은 벽에서
까치발을 하고 뜬눈으로 너를 기다리는
창문이다
날마다 방문 근처 목이 길게 누워
방바닥이 된 그리움
아랫목 이불 아래 넣어둔
식지 않는 밥이다

가족

초여름 하루 길가 푸른 풀을 보고 있으면
햇살이 정수리로 들어와 똥구멍으로 나가며 파릇파릇해지는 느낌
하늘로 날아오르는 풍선을 아득히 쳐다보고 있으면
숨 쉬던 공기가 몸 안에 가득 차며 떠오르는 느낌
노을 진 서쪽 성당 괘종시계를 올려다보고 있으면
심장의 피를 따라 시계추처럼 박동하고 있다는 느낌
웃는 아이를 보고 있으면
코끝에 꽃이 피고 미소가 두피를 뚫고 돋아나는 느낌

오거리 떨이판매 행사장 알바 하는 너를 피해 멀리 지나가다가
문득 돌아보면
목구멍이 먹먹해지고 얼굴 전체가 식은땀처럼 흘러내리는 느낌
두 다리가 허둥허둥 떠내려가는 느낌

미안하다고 몸이 나직이 뇌까리는 느낌
얼른 지나가자며 나를 배반하는 느낌

빼곡하게 운다

시루 속 콩나물처럼
보이는 데까지 개구리 울음소리 빼곡한 밤
기름방울 같은 울음들 떼 지어 출렁인다
불을 켠 차들이 지나갈 때마다
뱃길처럼 하얗게 갈라지고 이내 그득 차는 울음들
소리가 옷에도 굴러다닌다
돌아와 옷을 벽에 걸자
와글와글 벽이 울기 시작한다
구애를 하는 벽
기대어 초여름 밤에 등때기로 운다

제3부 나는 나를 넣고 못질한 관이다

만남

피고 지던 모든 꽃들과
귀로 들어간 음악과
입으로 들어간 과일과 밥과
함께 그가 온다

나의 모든 나와 나의 어둠과 빛과
꿈속에서 울던 기억과 웃으며 몸속으로 들어간 햇살과
내가 만진 벌레들의 꼼지락거림과
오래 전 돌아가신 외할머니의 물 묻은 손의 시린 감각과
아스팔트를 밟던 발에 새겨진 딱딱한 기억과
어머니의 목소리와 아버지에 대한 추억과
형제들의 걱정과 미소까지 몸에 싣고
그를 맞으러 간다

만년 단위로 융기하는 산맥처럼 거대하고
유리창에 맺히는 작은 물방울처럼 사소하게 그가
온다

귀소歸巢

새는 하늘로 날아오르는 순간
두고 온 제 무게를 그리워한다

04시 30분

얇은 커튼 걷듯 유리벽 밀고 들어와
비가 내실에 가득하다
살러 들어온 건지도 모르겠다는 생각에 젖다 잠이 깬다
불을 켜지 않으면 빗소리는 길에 눕는 것처럼 잘 내린다
표절하지 않은 새벽이 오래전부터 있어
누워서 너를 느끼는 것처럼 빠져들 때
냉장고가 때마침 돌아가고 엄지손가락이 아프다
비는 소리로만 살겠다는 듯
시계와 함께 벽의 순간에 걸린다
귀가 커지며 열이 빠져나간다
비를 찾는 눈이 어둠을 더듬어 소곤거린다
비는 고이지 않고 끊임없이 내실에 내린다
배가 고파서 머리를 깎으러 갔다 온 저녁에는
두 달 전으로 돌아가 가벼웠는데
1센티미터 정도 과거에서 잠이 들었을 때 오기 시작한 비
나를 닫고 창문이 닫혀
춥지 않게 비를 덮고 잔 모양이다
스스로를 믿지 않아도 누군가를 채우려고 하는 거짓처럼
무슨 말인지 모를 말을 소곤거리며
내실에 동거하는 비
잠만 적셔놓고 떠나지도 못하는

거대한 입

손이 단풍잎만 한 아기가 뜨거운 오뎅이 식기만을 기다린
다. 오뎅꼬치를 움켜쥔 채 아기는 조금 앞을 초점 없이 바
라본다. 내부로 향한 눈. 자기 안에 출몰한 한 마리 굶주린
짐승의 거대한 아가리를 골똘히 내려다보고 있다. 목숨의
요구를 수행하는 의식이 진지하다. 마침내 오뎅이 식고 서
서히 오뎅을 흡입하는 입. 침을 삼키며 넋을 놓고 구경하던
나의 시선도 어느새 오뎅과 함께 아기의 입속으로 빨려들어
가고 있다. 아기의 입은 주변에 있는 모든 것들을 먹어치
운다. 머리를 흔들며 정신을 차려보지만 머리는 이미 오뎅
과 함께 통째로 아기의 입속에서 허물어지고 있는 내 머리.

산정시선

걸어온 길 돌아보면 허공이 천지다
시선은 묽어지고
가두고 길들여 한 번도 풀어놓지 않았던 나를
먼 데로 산란한다
도피처럼 사랑했고 죽음처럼 절박했던 시간을
허공에 요약한다
어떤 그리움이 내부를 채운 뒤
살을 빠져나간 자리마다 수염은 자라
수심이 깊다
둥글게 등을 말고 태아처럼 앉아
어머니의 자궁을 추억한다
내 속의 계곡에 추락한 나를 인양하기 위해
멀고 긴 시선이 팔을 뻗어
잃어버린 꿈 하나를 만져본다

통화

가는귀를 먹은 뒤부터
어머니 목소리가 들리지 않을 때는
태아처럼 몸을 말고
배꼽으로 어머니를 들었다

엄마, 엄마, 안 들려요. 큰소리로 좀 말해줘요.
아 이키 크기 말하는데도 안 들리?
네, 안 들려요.
이제 들리나? 이래 말하면 들리나?
뭐라고요? 아~ 아~ 들려요, 엄마, 이제 들려요. 소리치
지 않아도 들리네요. 미안해요.
뭐가 미안해. 밥은 먹었나?
네, 엄마, 안 바빠요. 널널해요.
뭐가 안 바빠, 밥 먹었냐니까, 뭔 소릴 해.
아~ 아~ 엄마 사랑하지 당연히 아들인데 아~ 아~ 엄
마~ 엄마~
야가 뭔 소릴 하나, 나도 사랑하지. 밥은 먹었나?
네, 엄마 사랑해요. 헤헤.
밥은 먹었어?
네, 나도 사랑해요.

76

겨울 담쟁이

마른 허공을 잡고 웃더니 꿈꾸던 색을 내려놓고 수직의
벽에 풍장 되었다

꼬마 조문객[*]

서러운 분단 민족의 큰 지도자가 돌아가셨다. 많은 사람들이 애도하고 통곡하였다. 장례식장으로 한 꼬마가 들어섰다. 의아하여 장례위원 중 한 사람이 꼬마에게 어떻게 왔느냐고 물어보았다. 꼬마는 담담하게 대답했다. "전철 타고 왔어요."

학교 선생님이라는 아빠를 따라온 꼬마에게 장례위원은 아빠가 무슨 선생님이냐고 물어보았다. 아이는 조용하게 대답했다. "담임선생님이요."

장례위원은 추모게시판 앞에 선 꼬마에게 할아버지 가시는 길에 한 마디씩 쓰는 거라고 안내하며 광주 망월동 묘지로 가신다고 말해 주었다. 꼬마는 한참 생각에 잠기더니 연필을 들었다. 그리고 손을 최대한 높이 뻗어 추모게시판에 글씨를 쓰기 시작했다. "사고 없이 잘 다녀오세요, 홍성민"

---

  * 이 글은 페이스북 친구 윤솔지 님의 글을 변용한 것임.

낯선 곳 낯선 오후

먼 산 위
실뱀 꼬리를 단 비행기 희미하게 지나가고
늙은 구름은 해파리
삐비꽃 같은 새소리가 푸른 그늘로 떨어질 때마다
생각난 듯 천천히 흔들리는 풀
물속 같다
걸음보다 느리게 지팡이를 짚으며 노인이 지나간다
지팡이보다 느리게 길이 출렁인다
깨금발을 한 여자아이가 유영으로 길고양이에게 다가간다
담배를 뻐끔거리는 붕어입 아이들이
길모퉁이에 고여 하얀 기포를 밀어 올린다
꿈틀거리며 아이들을 털어내도 또 고이는 길
물속 같다
마음을 저으면 몸이 뜨는 오후

그만

눈가 젖은 여자가 이른 아침 우는 아이를 안고
수레와 함께 어린이집 앞에 서 있다
어린이집 선생님이 나와서 아이를 받아 안자
선생님의 목을 끌어안고 더 크게 우는 아이
여자는 젖은 눈으로 웃으며
어서 들어가시라고 선생님께 손짓한다
아이의 울음소리가 복도를 따라 길게 들어간다
돌아서는 여자의 발바닥은
아이의 울음소리에 자석처럼 붙어서
떨어지질 않는다
수레를 잡은 여자의 푸른 손등에 아이의
희미해진 울음소리가 눈물방울처럼 떨어지자
수레가 먼저 움직이기 시작한다
그만 가자고

귀 빠진 날

어머니의 온도를 상상하며 귀가 붉어지는 저녁이다

오래된 상상

연락도 잘 닿지 않는 낯선 소도시 변두리로 가서

하루 한 번씩 햇살이 들어온다는 좁은 골목 안 아주 작은 셋방을 얻고 싶다

아기처럼 말랑한 볼과 순한 이를 가진 여자

칼국수를 끓여 호로록거리며 먹다가 배부르면 나에게 나머지를 미루는

좀 앙큼하지만 엉덩이가 커서 잘 떠나지도 않는 여자 얻어

어색하고 다정한 살림을 차리고 싶다

10년 된 사진기로 사진을 찍어서 50cc 오토바이를 타고 집으로 돌아와 시를 쓰면

바퀴벌레처럼 잘 죽지도 않는 단단한 시가 나오겠지

쌀벌레 같은 그리움이 꼬물거리며 쌀통에 가득 차고

사랑은 된장처럼 보글보글 끓겠지

감기 걸렸다고 파국을 끓여주는 여자

물걸레질로 방 습도를 맞추는 여자의 엉덩이를 발로 툭, 건드려 장난을 치기도 하고

뜨거운 이마에 물수건을 올려주며 웬 술을 그렇게 마시냐고 잔소리하는 여자 앞에

잘못했다는 표정을 지으며 웃기도 하다가 한 며칠 끙끙 앓고 난 뒤

창문 아래 골목길에 들어오는 오후의 햇살처럼 일어나
는 거다

촌스럽게 볼 화장을 하고 시장에 가서 약장사의 말솜씨에
넋이 나가는 철부지 여자

내 여자가 늦게 오는 밤에는 30촉 등을 켜놓고 기다림을
써내려가는 거다

순댓국집을 하면 돈을 벌 수 있다는 얘기를 어디서 얻어
듣고 와서

진지하게 고민하다가 가르릉 가르릉 코를 골며 자는 여자

그 소박한 슬픔 곁에서 밤잠을 설치며 시를 써서 서울에
있는 출판사로 보내는 거다

원고료가 오는 날은 근방에서 제일 맛있다는 순댓국집
을 찾아가

젓가락질을 잘 못하는 여자에게 안주를 집어주며 다정하
게 낮술을 하는 거다

2차로 노래방에 가서 18번 달맞이꽃을 부르고 서울이 그
리울 여자를 달래줘야지

정말 필요한 일이라면 여자 몰래 하루쯤 집을 나와 머리
띠를 붉게 묶고

집회장에 가서 선동시를 낭송할 수도 있겠지

혼자 좀 빌빌거리며 돌아다니다가 아무 일 없었다는 듯
늦은 밤 집으로 돌아가는 날도 있을 테지
걱정이 되어 노루처럼 뚱그래진 눈으로 집 앞에 종일 서
성이던 여자를 안고
동굴짐승처럼 서식지로 들어가 뜨겁게 뜨겁게 자다가
눈물 흘린 여자의 볼을 닦아주며 또 밤새 시를 쓰는 거다
심장이 까맣게 말라 더 나올 게 없을 때까지 시를 쓰다가
해 넘긴 달력 뒷장에 계산을 시작한 여자의 서툰 가계부
속으로 들어가
바퀴벌레처럼 납작하게 말라 죽어서 흔적만으로 구구절
절 묘비명을 대신하는 거다
나 떠난 뒤 서럽게 울던 여자도 울다 지쳐 시인이 되겠지
멋들어지게 나를 욕하는 소리 저승에도 들릴 만큼 큰 시
인이 되겠지
그러면 우리는 이승 저승 서로를 목 놓아 부르다가
바람으로 풀꽃으로 또 다른 세상에서 나란히 피어나겠지

바람 부는 날

가득 찬 바람 허공이 부풀어 올랐다
키 큰 나무들 말미잘처럼 흔들린다
마른 풀들이 일제히 돛을 달고 있다
바람을 뚫지 못하여 중천에서 불안한 햇살
다들 어디로 떠나려는 것처럼 설렌다
먼지 뒤집어쓴 채 누워 있던
먼 산도 풍선처럼 들썩거린다
얼마 가지지 못한 것마저 내려놓으면
마악 출발하는 바람을 탈 수 있을 것 같다

점

사건은 한 점으로부터 시작하여
회전하다 한 점으로 돌아간다
그 동안에 짐작할 수 없는 우주가 다녀간다
그러니 모든 만남은 재회일 뿐이고
이별은 시간의 가벼운 문제다
울지 말자
무거운 장래가 오래전에 이미 그대와 함께
이별을 다 울어버렸다
부피도 없는 위치에서 음악처럼 팽창하는 물질을 따라
우리는 이 세계에 덤으로 왔다
상상할 수 없이 큰 상상의 요동에서
물방울처럼 솟구친 우주
태초보다 깊은 우주를 떠올리면
아무리 생각해도 생각이 한 점을 만들고
한 점으로부터 우리는 단지 왔다
어머니의 자궁 이전에도 이후에도
모든 것들과 함께 불편 없이 있었다
울 것 없다
우리는 이별 뒤에도 노래처럼 흐르다
일렁이며 한 점으로 돌아갈 것이다

눈길

휴전선 이쪽 하얗게 베어진 겨울 들녘에
어둠을 치고 간 비애가 날카롭다

무늬와 문의文意

    거미는 내장을 풀어 허공을 장식할 때 방사형 '무늬'에 포획될 먹이를 계산하지만, 나는 시를 토해 목숨을 장식할 때 식口들의 생계를 계산하지 못했다. 거미줄 무늬만도 못한 이상한 '문의文意'로 나는 나를 묻은 무덤이거나 나를 넣고 못질한 관이다, 죽어도 벗어나지 못하는.

노을

  눈이 빨개지도록 울다 간 네 발소리로 가슴의 저녁이 물
든다

2014년 4월

떨어진 목련은
걸음마도 못하고 죽은 아기 발바닥 같다
어떤 어미가 있어
잘 드는 칼로
죽음의 발바닥을 벗겼을 것이다
목련나무 아래 한 겹 두 겹 내려놓고
아장아장 걸어가길 한없이 빌었을 것이다
목련나무 아래 사월에는
발도 없는 아기가 와서
발바닥으로만 발바닥으로만 하얗게 걸어다닌다

지각의 현상학

그립다는 말은 언어가 아니라 살이다

화엄경

쪼그려 앉아 귀를 세우고
아주 멀리서 왔으므로 무척 작아진 소리를 듣는다
새싹은 하나의 이념
가장 깊이 이르러서
가장 얕은 곳으로 올 줄 아는 이의 약속이다
우주 이래, 지구 이후
흘러온 기억의 개화
우주에서 음표 하나가 빠져나와
이토록 작고 푸르다
불가사의는 하찮게 실현되고 이념은 클수록 소박하다
햇볕 속에 단 하나의 세계를 건설하고
음악으로 돌아간다

봄, 나뭇가지들

꽁꽁 언 허공을 더듬어 올라가
미세한 혈관들이 하늘에 퍼지고 있다
탯줄처럼 나무는 하늘로 이어져
천지에 피가 돌고
저 하늘에 엉덩이가 파란 태아들이 열릴 것이다

나의 노래는

　너무 일찍 죽지는 말라고 네가 벗어주고 간 울음. 내내 모르는 척하다가 아무도 없을 때 입어보았다. 눈물이 삼베처럼 써늘하기에, 제발 술 먹지 말라며 놓고 간 한숨 함께 걸쳐 입고 길을 나섰다. 노래하고 싶은 뜨거운 아스팔트 술집을 돌아 멀리 돌멩이 하나 담벼락에 그으며 긴 오후를 걸었다. 그림자 벗어 놓는 저녁까지 슬퍼질까 봐 입고 온 네 울음 다 말랐구나. 솔직히 두려움도 없지는 않아서 눈물로 짠 수의 같은 염려는 입기 싫었다. 혹시 또 다녀가려거든 너는 와서 단지 웃어라. 죽음도 노래처럼 흘러가리니 나의 노래는 팔 없는 피아니스트처럼 두 발로도 행복이겠다. 아이처럼 울다 간 노래는 언제나 세상을 홀로 걸어다닌 나의 풍습.

아담의 말

몸은 말 이전의 말을 한다
거기에 닿기 위해 또 입을 놀려 말을 부린다

스승의 사랑법

주대야
술 마이 먹찌 마라라 제발
몸도 안 조타 카민서

자아, 한잔 바다라

섬전암閃電巖

천둥소리 고막에 깊이 걸고
어떤 외로움이 뜨겁게 걸어간 흔적
땅 속으로 사라져 돌이 된 번개가
죽은 사슴, 뿔처럼 자랐다
험한 길 천 리 벼랑을 타고 와
어둠을 내려치고 떠난 절명시 한 수
외로운 것 다 내려놓고
빛은 죽어 돌의 무게를 가졌다

오래된 시간

어머니와 아버지가
만나기 전, 서로의 외부였을 때에도
나의 삶은 그들의 내부였다

새벽 네 시 반

새벽 네 시 반
술에 취한 어제의 사람들이 집으로 돌아가고
오늘의 사람들이 첫차를 타기 위해 서둘러 집을 나서는
시간이다
어제부터 마신 술이 끝나지 않은 나는 아직 어제인데
새벽 네 시 반
거리에는 오늘의 사람들이 돌아다닌다

어제의 거리를 고주망태 걷고 있지만
사실은 나도 사랑하는 이가 누워 자는 그런 데로 가서
살며시 방문을 열고
늦어서 미안해, 라고 말하고 싶다
다음부터는 일찍 들어올게, 라고 맹세하고 싶다
지친 어제를 눕히고
코를 골며 잠들고 싶은 나는 아직 어제다

새벽 네 시 반은
오늘로 간 사람들이 깊은 잠에 드는 시간
잠꼬대를 하며 한쪽 다리를 사랑하는 사람의
말랑한 배 위에 올려놓는 시간

자다 깨어 시계를 한번 올려다보고는 다시 누워

서로 팔베개를 해주는 시간이다

어제는 언제 끝날 수 있을까

손에 든 술잔을 내려놓으면 될까

새벽 네 시 반

우두커니 오늘이 밝아온다, 우리는 나는 아직 어제인데

제4부 봄날이 목숨 같다

이유

바람이 불 때
꽃은 너무도 불안하여 그만 예뻐져버렸다

문장가

혁가 굳어 기껏 폐에서 나오는 바람이
습관적으로 통과하는 지점일 뿐일 때
아이들의 저 부드럽고 바알간 혀를 잘라
낡은 문장을 봉합하고 싶은 거다

세한도

윤곽만 남은 세월 찬바람 속에
침묵의 뼈대를 그려 넣는다
배경을 잃은 노송이
굽은 팔로 거친 솔잎 한 줌을 받치고
목숨의 여백에 뿌리를 드러내었다
마른 붓질로 대지를 쓸고 가는 시간
먹물도 스며들지 않는 마당에는
먹빛 고독만이 바람에 쓸려 다닌다
원근도 채색도 없는 까슬까슬한 유형지
죽어도 수직으로 죽겠다는 각오로
붓이 지나간 추운 자리마다 뼈가 저리다

생물학

시만 읊다 죽어 몸뚱이째 버려지면
구더기 끓듯 썩어가는 살에 못다 쓴 낱말이나 바글거리
겠지
꿈틀대는 몇 놈은 죽은 줄도 모르고 징그럽게 생을 노래
할 것이고
부패하는 살에서 기어나와 낯선 거리를 돌아다니는 한
두 낱말은
여기 저기 전화 걸어 낮술이나 하자고 조르겠지
석양에 누워 곡조도 없는 노래나 부르겠지

시만 쓰다 죽어 버려지면
썩어가는 살 구석구석 구더기처럼 끓는 낱말들
말캉한 몸을 일으켜 제법 고개 들고 무엇에 반항하다가
땡볕 아래 말라 죽기도 할 것이고
어떤 녀석은 세수도 하지 않고 몇 날 며칠 살 속에 퍼질
러 앉아
주검의 육즙에 취해 주정도 할 테지

시만 쓰다 죽어 바람도 불꽃도 되지 못하면
파리처럼 훠어이 저승으로 날아가던 영혼은 돌아와

그 몸이 다 말이었던 생전의 기억으로 알이나 잔뜩 슬
어 놓겠지
　그러면 또 좁쌀 같은 낱말들 깨어나
　미안하다 다 미안하다 꼬물거리며 유언을 남겨놓겠지
　시만 쓰다 죽어 버려진다면

오늘

보고 싶다는 말과 울먹인다는 말이 종일 동의어로구나

노숙자
一서울 2013년 겨울

집은 피부의 연장체다. 집 없이 산다는 것은 내장을 드러내고 사는 것. 얼 수 있는 자유만이 무료인 공화국 한쪽에 피부 벗겨진 고깃덩어리들이 여기저기 던져져 있다. 우리가 먹다 버린 시뻘건 부속附屬들이 바람을 덮고 누워 꽁꽁 얼고 있다.

해식동굴

파도소리만 보이는 깜깜한 밤
소리에 갇힌다
뼛속으로 파도가 지나가는 서늘한 감각
온몸이 소리에 조각당하는 기분
마음 한쪽이 무너지며 동굴이 생긴다

시작

　세찬 빗줄기 위로 깃발을 올립니다, 전하. 소신은 말갈의 피를 받아 검은 지평선을 홀로 걸어온 사람, 전하의 목을 칠 역적입니다. 생전 처음 보는 번개가 궁궐을 때리고 피뢰침 속으로 사라질 때 소신은 올 것이옵니다. 곧이어 새와 구름이 지나간 곳, 나비가 얇은 날개로 허공을 저며낸 화사한 길을 끊는 번개가 칠 것입니다. 전하, 소신의 붉은 머리카락이 빗줄기 속에서 망나니처럼 펄럭이고 차가운 비명소리가 들리거든 귀를 여시고 무릎을 꿇어야 합니다. 전하, 역적의 시간이 전하의 은총으로 왔지만 익숙히 멈출 수 없어 지독한 고독 이후에 혼란한 역적의 나라를 건설하는 것이옵니다. 눈부신 어둠의 기둥 위로 쏟아지는 빗발을 따라 오는 새벽, 젖은 깃발이 마르기도 전에, 세계를 받치던 전하의 무릎은 부서지고 역적의 나라는 완성될 것입니다. 그때 피묻은 칼을 들고 날선 지평선을 마저 넘겠습니다. 전하, 소신은 말갈의 후예, 완성된 역적의 나라에서도 지평선 너머 지평선으로 가는 행려자입니다. 시작은 언제나 시작이오니 전하, 그럼 하해 같은 은혜 소신의 어미에게 그랬듯이 전하의 목을 치겠습니다.

이현상

사랑하는 이여
살아서 돌아오라고 벗어준
그대 울음을 입고
나는 간다
지리산 눈보라에
총포를 높이 들고
그대 통곡을 장전한다
눈보라 백 년
한 사람의 인간의 길에
총성이 울린다

봄날은 간다

폐가의 낡은 줄을 꼭 쥐고 있는
빨래집게에서는 왜 자꾸
빨래 좀 걷어줘, 하는 소리가 들리는지
어두운 계단 아래 뒹구는 밥상에서는 왜 자꾸
젓가락질하는 흰 손들이 보이는지
무너진 담장에 피어난 열쇠고리 모양의 봄풀이
어째서 벽돌 밑에 숨겨두던 열쇠 같은지
나는 그만 살고 싶은 것이냐
당신 없는 봄날이 목숨 같다*

---

* 졸시 「사월」에서 재인용.

임진각에서

철조망 둘러진 허공이 오선지 같다
새 한 마리 음표처럼 앉아 있다

음악이 시작되려나

울음의 물리학

깜깜한 벽 안에 고막 같은 목숨을 걸어놓고
외로운 영혼이 북처럼 울 때
울음은 빛이 가지 못하는 길을 가서
떨며 벽을 통과한다
어둠을 뚫고 어둠 너머까지 공명하는 울음
흐느끼는 소리 좁은 어깨가
벽을 넘어 사무친다

생물 시간

너무 먼 어제로부터 여기까지 와서

돌아누울 때마다 문신처럼 새겨지는 기억들 앞에 속수
무책이다

내가 본 것을 사람들도 보았을까

내가 본 것 때문에 다른 내가 되어서

내가 들은 것 때문에 다른 노래를 부르며

열꽃 피는 몸 안에 수장되려나

육신의 병과 함께 시간의 깊이에 도달하려던 어리석음이

갈 수 없는 곳에 닿을 때마다 흘러나오는 신음

뒤척이면 불같은 열 번진다

평화로운 애비가 되지 못한 죄로 악몽을 꾸다

깨어 젖은 몸을 내려다본다

강가 나뭇가지에 걸린 시신처럼 부은 몸

지워지지 않는 기억들이 시반을 만든다

손끝이 떨린다

너무 먼 어제로 돌아가지 않기 위해 안간힘을 쓰지만

기억을 입은 몸은

한 번도 보지 못한 오랜 시간까지 내려가

식은땀 쪽으로 돌아눕는다

동거

안개 속에서 너를 보냈다
너는 갔지만 안개가 걷힐 때까지 우리는
함께 안개 속이겠구나
안개가 걷히면 또 안개 밖에서 함께이겠고
세상에는 너와 나 두 사람이 있다

꽃에게

꽃아, 내가 견딜 수 없는 나를 네가 견뎌다오

한 점

아지랑이처럼 타는 끝으로
한 사람을 보낸 적이 있다
한 점 열기가 되는 위태로움으로
길의 끝을 끌어안고
맑은 소실점에 나를 푼다
사진에 입술을 대듯
지나간 너를 그리며
잊었으나 잊지 못한 사람처럼 불러본다
한 점
열기를 잡고 쪼그려 앉으면
너는 비 온 아침 그늘처럼
서늘히 번져온다
바람이 통과하는 지점에 우멍하게 서서
너를 두고 언제나 하루만 살겠다

정신 이완사弛緩士

돌을 던지다가 외부인처럼 생각한다
사랑하는 사람이 불행해지면 얼마나 좋을까
아주 좋은 마음으로 빌어본다
고기와 피를 가진 따스한 짐승이니까 춥고
극단적으로 아름다울 것이다
유기견이 혀를 빼물고 도로의 어깨를 따라 걷고 있다
불을 끈 차가 도로에 뛰어드는 시각
죽어가던 아버지의 마지막 눈빛처럼 힘도 없이 인자한 달이
몸을 끌어당긴다 동해는 잘 있을까
머리끄덩이를 잡혀 질질 끌려가던 어머니처럼 울지는 않았을까
아이고 이봐요 한 번만 봐줘요 아이고 왜 이래요
죽어서 살아남은 어머니의 비명이 아름다웠다고 이제야 기록한다
피는 얼 수 있으니까 도덕적이다
중심에 이르지 않기 위해
달빛 아래 늙은 태아가 탯줄을 끌고 간다
구심력을 벗어나려는 몸이 뒤틀린다
하품을 하고 숨을 쉬며 이상한 미소로

꽃받침 없는 꽃의 씨앗을 먹는다
세상 이후에 또 세상이라면 멸망이 경제적이다
마지막 숨을 몰아쉬느라 별이 반짝인다
10억 년 전의 최후가 저토록 아름답다니
초신성은 화사하게 오는구나
별처럼 빛나는 눈으로 아침을 맞이한다
다 걷지 못했으니 오늘 길은 발바닥에 간수한다

까치집

까치가 나뭇가지를 물어다
제 생의 가장 높은 곳에 눈물처럼 올려놓았다
까마득한 허기를 듣고 오는 이 있어
까치는 자꾸 슬픔만 물어왔겠지
바람의 꼭대기에 종소리처럼 흔들리는
크고 둥근 집

모자母子 상봉

후두 성대주름이 소리를 내듯 어머니 주름 많은 손등이
소리를 낸다. 3년 만에 서로의 손을 잡고 나지막이 흐느끼
는 손.

애무하다

　서로 얼굴을 쓰다듬다 뜨거워진 손바닥으로 얼굴이 흘러
들어간다. 시선이 흐려지고 목도 어깨도 녹아들 때까지 손
만 남은 서로를 쓰다듬는다. 생각할 수 없이 많은 시간이 지
나 손바닥마저 뭉그러져 사라진 뒤에도 두 사람은 하염없이
서로를 쓰다듬는다. 서로에게로 사라지는 서로를 향해 살
의 마지막 한 점까지 옮기는 의식이 장엄하다.

감각과 기억과 서사의 미시물리학
―김주대의 새로운 시적 진경

유성호(문학평론가, 한양대 교수)

1.

김주대의 신작시집『사랑을 기억하는 방식』(현대시학, 2014)은, 경험과 기억의 진정성이라는 수원水原에서 시작하여 시와 삶의 형식에 이르기까지, 두루 성찰의 계기를 부여하고 있는 거대하고도 역동적인 사유의 도록圖錄이다. 아닌 게 아니라 그의 시편은, 지난 시집들에서 보여준 가족사적 상처의 고백, 한 시대의 격정적 추억을 모두 넘어, 완전히 새로운 삶의 기율과 좌표를 세워가는 낭만적 의지로 가득하다. 그 점에서, 이번 시집은 그동안 그가 우리에게 보여주었던 세계로부터 한 걸음 더 나아가, 다시 말하면 "헐한 자조와 연민에 떨어지지 않고자, 어떤 높고 영원한 것을 놓치지 않고자"(김사인) 애썼던 시간을 모두 지나, 김주대만의 진경進境을 펼친 세계라 할 만하다.

그럼으로써 그의 시편들은, 시가 정치적 기억의 방식으로서 일종의 반영론적 전제나 역사의식의 원근법을 지니기보다는, 숱한 변형 형식을 통해 가장 일상적이고 언어적인 차원에서 정치적인 동시에 감각적인 세계를 이룰 수 있음을 보여준다. 이러한 낭만적이고 감각적인 음역音域이 여럿 있지만, 그중에서도 우리의 눈길은 그의 지극히 짧은 시편들에 머물게 된다. 먼저 일행시라고 부를 수 있는 시편들을 읽어 보자.

깊어진다는 것은 언제든 몸 던질 수 있는 자기 안의 강물을 내려다보는 일
—「고개 숙여」 전문

그립다는 말은 언어가 아니라 살이다
—「지각의 현상학」 전문

보고 싶다는 말과 울먹인다는 말이 종일 동의어로구나
—「오늘」 전문

눈으로만 들을 수 있는 말이 있다
—「꽃」 전문

어머니의 온도를 상상하며 귀가 붉어지는 저녁이다
—「귀 빠진 날」 전문

눈이 빨개지도록 울다 간 네 발소리로 가슴의 저녁이
물든다

　　　　　　　　　　　　　　　　—「노을」 전문

꽃아, 내가 견딜 수 없는 나를 네가 견뎌다오

　　　　　　　　　　　　　　　　　—「꽃에게」 전문

마른 허공을 잡고 웃더니 꿈꾸던 색을 내려놓고 수직의
벽에 풍장 되었다

　　　　　　　　　　　　　　　—「겨울 담쟁이」 전문

　시편 곳곳에 '쉬어 가는 코너'처럼, 혹은 '숨겨진 뇌관'처
럼, 깊은 침묵의 발화와 적극적인 수행적 발화를 동시에 꾀
하는 이러한 일행의 호흡들은, 김주대 시편의 진원지를 다
시 한 번 선연하게 보여준다. 이를테면 거기에는 '자기', '말
(언어)', '어머니', '너', '그리움', '울먹임', '견딤' 등의 키워드
들이 그 모양새를 한결 단출하게 하면서 김주대 시편의 분
명한 저류底流로서 흐르고 있다. 앞에 배치한 세 시편은 전
형적인 'A=B' 형식의 은유적 아포리즘을 지향하고 있고, 뒤
의 다섯 시편은 김주대 특유의 관계론적 시선을 엿보게 해
주는 진언들이다. 그 안에는 삶과 사물에 대한 감각적 포
착과 형상화 그리고 시인의 해석안眼이 짧은 언어 속에 오
롯이 숨겨져 있고, 그만큼 우리는 이 단단한 잠언들을 그
냥 '쉬어 가는 코너'로 여길 수 없게 된다. 그렇게 시인은 단

형 실험을 통해 삶의 비의秘義로 직핍함으로써, 자신의 이러한 낭만적이고 절절한 상상과 표현을 완성해간다. 이러한 시도들은 짧은 산문 시편이나 2~3행쯤 되는 단형 시편으로 그 속성을 확장해가는데, 몇몇 짧은 시편들을 더 읽어보도록 하자.

산정의 어떤 나무는 바람 부는 쪽으로 모든 가지가 뻗어 있다. 근육과 뼈를 비틀어 제 몸에 바람을 새겨놓은 것이다.

　　　　　　　　　　　　　　　　　—「사랑을 기억하는 방식」 전문

새는 하늘로 날아오르는 순간
두고 온 제 무게를 그리워한다

　　　　　　　　　　　　　　　　　—「귀소歸巢」 전문

몸은 말 이전의 말을 한다
거기에 닿기 위해 또 입을 놀려 말을 부린다

　　　　　　　　　　　　　　　　　—「아담의 말」 전문

내가 아는 만큼의 당신이 내 속에 격리된다. 나는 당신을 가둔 감옥이다.

　　　　　　　　　　　　　　　　　—「앎」 전문

자정이 넘도록 잠들지 못하고 꼿꼿하게 앉아 있다면

그 몸은 그대로 목청과 혀를 버린 어떤 말일 터

—「말」 전문

이러한 사유와 표현들은 그동안 김주대 시학이 건너온 심연을 멀찍이 비켜서면서 그가 다다르고자 하는 새로운 삶의 태도를 잘 보여준다. "근육과 뼈를 비틀어 제 몸에 바람을 새겨 놓은 것"으로서의 사랑, "제 무게"에 대한 그리움, "말 이전의 말", "내가 아는 만큼의 당신" 같은 김주대만의 이디엄Idiom들이 역시 빼곡하고도 느런히 펼쳐져 있다. 시인은 단형의 그릇에 자신만의 순간적이고도 응축된 사유의 결을 풀어놓아 하나의 의미론을 구성하고 명명하는 것이다. 이처럼 우리의 경험과 감각이 멀리 에둘러 가서 닿을 수 있는 깊은 심연으로서의 짧은 직조술織造術은, 이번 시집에서 특별히 김주대 시학의 근간으로서 유감없이 그 가치를 드러낸다. 우리는 오늘 그 세계를 '시의 연금술'이라 달리 부를 수 있을 것이다. 그만큼 이번 시집의 확연한 외관 가운데 하나는, 이러한 촌철의 단형에 핵심을 두고 있다고 할 수 있을 것이다. 이 점, 깊이 기억할 만하다.

2.

우리가 잘 알 듯이, 서정시의 가장 기본적이고 원초적인 창작 동기는 시인 자신의 삶을 스스로 돌아보고 성찰하는 회귀와 관조의 욕망에 있을 것이다. 이를 일러 일차적으로는 '나르시시즘'이라고 불러도 무방할 것이다. 물론 그것은 자기애自己愛를 중심축으로 하면서도, 자신을 대상화하여 반성적 성찰을 수행하는 역동적인 사유와 실천으로 아우르는 것으로 진화해간다. 그만큼 시인들은 일차적으로는 자신이 살아온 시간을 되새기고, 나아가 그 시간에 독자적 성찰의 몫을 개성적 의미론으로 부여하는 것이다. 이때 '시간'이 남긴 흔적들이야말로 시인이 추구해 마지않는 직접적 생의 형식이 될 터이고, 그 점에서 모든 서정시는 '시간'을 포착하고 해석하는 일종의 시간 예술이 아닐 수 없다.

그 점에서 김주대 시편들은 젊은 날을 생의 뒤안길로 보내면서 지나온 시간을 응시하고 반추하는 전형적인 '시간 예술'로서의 서정시 권역에 속하면서, 소중한 자기 성찰의 한 방식으로 우리에게 다가온다고 할 수 있다. 이러한 깊은 응시와 반추는 가장 진솔하고 직접적인 자기 토로와 함께, 자기 성찰의 깊이와 진정성을 결속함으로써 그 배타적인 위의威儀를 드러낸다. 우리 시단에서도 매우 드문, 이러한 격정과 성찰의 결속 과정을, 우리는 김주대 시편에서 새삼 선명하고도 돌올하게 바라보게 된다.

> 바람이 허공에 새겨놓은 문자를
> 읽을 수 있게 되리라
> 살이었던 욕심을 남김없이 내려놓고
> 신의 발을 무사히 만질 수 있도록

영혼에서 살이 빠져나가는 시간

바람의 지문을 영혼에 새기는 일이다

넘치던 말들과 형상을 보내고

허공에 섬세하게 깃들게 되리라

꽃잎처럼 얇은 고막이 되어

지평선에 누우면

별들의 발소리가 들리겠지

살을 버린 이성은 비로소 천상을 흐느낄 것이고

혀가 된 푸른 바람이 말하기 시작할 것이다

그때에도 우리는 사랑한다고

사랑한다고

—「풍장」전문

'풍장'이란 시신을 태워 뼈를 추린 후 그것을 가루로 만들어 바람에 날리는 장사법이다. 그런데 시인은 그 풍장의 순간에 "바람이 허공에 새겨놓은 문자"를 읽고 있다. 그때 '살/욕심/말/형상'의 계열체들은 남김없이 사라지고, '신의 발/영혼/지문/문자'는 섬세하게 남는다. "찬바람 속에/ 침묵의 뼈대"(「세한도」)가 남은 것처럼 그것들은 견고하고 순수한 잔여로 몸을 드러낸다. 지평선에 누워 별들의 발소리를 들으면서 "살을 버린 이성"은 이제 비로소 "혀가 된 푸른 바람"이 되어 "사랑한다고/ 사랑한다고" 말할 것이다. 이렇게 시인은 '살'을 버리고 '뼈'의 본질만 남은 형상을 통해, 항구적 시간 속에서 지속될 '사랑'을 노래한다. 여기서 "혀가 된 푸른 바람"은 비로소 육신의 감옥을 나와 자유로운 영혼으로 몸을 바꾼 진정한 '사랑의 말'에 이르는 형상이라 할 수 있다. 이러한 시선이 바로 "사랑의 지극이 고독의 자극"(「저희끼리」)이라든지 "사랑을 잃고 낮술에 취해 비틀거릴 때 들려오던 비명 같던 그 냄새"(「냄새의 인간」) 같은 표현을 그로 하여금 가능하게 하는 것이다. 이렇게 온몸의 감각으로 수행하는 그의 '사랑' 시학은 다음에도 계속된다.

아지랑이처럼 타는 끝으로
한 사람을 보낸 적이 있다
한 점 열기가 되는 위태로움으로
길의 끝을 끌어안고
묽은 소실점에 나를 푼다
사진에 입술을 대듯
지나간 너를 그리며
잊었으나 잊지 못한 사람처럼 불러본다
한 점
열기를 잡고 쪼그려 앉으면
너는 비 온 아침 그늘처럼
서늘히 번져온다
바람이 통과하는 지점에 우멍하게 서서
너를 두고 언제나 하루만 살겠다

　　　　　　　　　　　　　　　　　　—「한 점」 전문

시편 제목인 '한 점'은 사랑이 사라져가는 "묽은 소실점"을 뜻한다. 거기에는 "아지랑이처럼 타는 끝"과 "열기가 되는 위태로움"이 있다. 그곳으로 떠나보낸 "한 사람"의 형상은, 아지랑이처럼, 비 온 아침 그늘처럼, 서서히 그 모습을 시편 안에서 번져가게 한다. 그리고 그는 결코 잊을 수 없는 "한 점/ 열기"를 시인에게 종내 허락한다. 그러니 바람처럼 사라져간 그를 두고 언제나 하루만 살겠다는 다짐이야말로, '기다림=삶'이라는 존재 방식을 보여주는 시인만의 발상법이 되지 않는가. 이처럼 김주대 '사랑' 시학은 상처를 전혀 과장하지 않으면서, 그리움과 기다림이라는 영속적인 결여 상태를 자기 본질로 삼고 있다. 그렇게 "우리의 그리움은 언제나 광속을 넘는다/ 우리가 늙지 않는 이유이다"(특수상대성)라면서 그는 "사랑아,/ 나는 너로 도배된 방/ 창문이다"(방)라고 노래한다. 그는 다시 돌아올 수 없는 시간으로 자신을 역투사하는 전형적인 회귀의 방식으로 진정한 '한 점' 시간에 가 닿는 것이다.

울음이 돌이 되는 느린 시간이 내려오고 있다
얼마나 많은 기도를 올려야 서로의 평온에 닿을 수 있을까
동굴은 인류가 묻어둔 눈물의 묘지
사랑도 그래서 한 방울 눈물에서 시작하여 서로에게 이르자고
혈관에 뼈가 서는 시간이다

어둠을 짚으며 고요히 우는 간격이다

                              —「종유석과 석순」 전문

    동굴 천장에 매달린 '종유석'과 동굴 바닥에서 자란 '석순'을 사랑의 양대 주체로 설정한 이 시편은, "울음이 돌이 되는 느린 시간"이야말로 '기도'와 '평온'을 통해 서로에게 가닿는 호환할 수 없는 '사랑'의 형식이라고 말한다. "인류가 묻어둔 눈물의 묘지"는 그렇게 "한 방울 눈물에서 시작하여 서로에게 이르자고/ 혈관에 뼈가 서는 시간"을 통해 '사랑'을 완성하게 된다. 그들 사이에 있는 "어둠을 짚으며 고요히 우는 간격"은 바로 그들의 사랑을 온전하게 가능하게 한 방법론이었던 셈이다.

    이처럼 김주대 시편은, 역동적인 동화와 투사의 방법을 통해, 인간이 서로 공유하는 정서적, 의지적 지향 중에 가장 중요하고도 본질적인 것이 '사랑'임을 가차 없이 노래하는 세계이다. 그의 '사랑' 시편들은, 결핍의 상황에 처한 자신을 스스로 위무하면서 역설적인 삶의 영속성을 찾아준다. 그리고 그것은 상실감과 그리움을 정서적으로 공유하는 이들을 향해 가장 깊은 생의 원리를 암시해준다. 그 점에서 진한 감상성과 결별하면서도 낭만적 진정성을 가득 보여주는 그의 '사랑' 시학은, 우리에게 더없는 공감과 치유의 순간을 선사해 주는 것이다.

3.

두루 알다시피, 서정시는 '시간'에 대한 경험과 기억의 재구성이라는 양식적 특성을 지닌다. 김주대 시편은 서정시의 이러한 제일의적 속성을 두루 충족하면서, 시간의 다양한 내적 형식을 통해 삶의 근원과 궁극에 대한 상상적 경험을 부여해준다. 그의 시편들이 환기하는 이러한 '시간' 형식은, 그 안에 기인 자신의 기억을 줄곧 담아내는데, 여기서 '기억'이란 동일성의 감각에 의해 발원되고 구축되는 시적 언어의 한 구성 원리라 할 것이다.

이렇듯 시인은 사물을 해석하고 형상화하는 과정에서 사물의 이면에 존재하는 오랜 '시간'의 파동을 세밀하게 포착하여, 그것을 순간적 '기억'의 형식으로 복원해내는 일관성을 보여준다. 그 점에서 그는 현실을 핍진하게 반영하는 것이 아니라 서사 충동을 순간적 정념과 이미지로 옮기는 시인에 훨씬 근접하다. 그렇게 '기억'과 '서사'가 충일하게 결합한 그의 시편들은 그 점에서 삶의 반영체이자 생의 이면사로 흔연하게 다가온다.

아버지는 돌아가셨으니 무덤에서 나이가 멈추었을 것이다
이제 아버지 나이를 거의 따라잡았다
바람 불고 외로운 아버지 외롭지 않게 친구가 될 수도
있겠다

―「아버지」 전문

지난 시집들에서 곡진한 가족사를 풀어 보여주었던 시인
은, 이번 시집에서 그것들의 잔여를 말끔히 거두고 새로운
기억과 열정을 구축하는 품을 보여준다. 다만 이 시편 속에
서 시인은 '아버지'를 통해 '또 다른 나'를 발견하는 과정을
형상화함으로써 과거의 기억을 거두어낸다. 돌아가신 아버
지는 "무덤에서 나이가 멈추었을 것"이고, 자신의 나이는
그때 아버지를 거의 따라잡았으니, 이제 자신이 "바람 불고
외로운 아버지"의 친구가 될 수 있겠다고 노래하는 시인의
마음에는, 아버지에 대한 깊은 사랑과 애잔함의 '시간' 해석
이 담겨 있다.

　　이로써 시인은 우리가 세계내적 존재로서 상호 연관성을
맺고 살아감을 노래하는 한편으로, 그 눈부신 비애의 순간
을 통해 삶의 깊이와 역동성을 풍부하게 부여하는 역할을
한다. 그렇게 "부패하지 않는 기억"(「메소사우르스 화석」)으로
살아오시는 아버지의 흔적은, "어머니 주름 많은 손등이 소
리를"(「모자母子상봉」) 내는 것처럼 가녀리고 견고하게 시인의
기억을 구성하고 또 삶을 이어가게 하는 원형적 에너지가
되고 있다. 다음은 그러한 '사랑'이 타자들을 향해 아득하게
번져간 심미적 소품이라 할 것이다.

　　　　눈가 젖은 여자가 이른 아침 우는 아이를 안고
　　　　수레와 함께 어린이집 앞에 서 있다
　　　　어린이집 선생님이 나와서 아이를 받아 안자

선생님의 목을 끌어안고 더 크게 우는 아이

여자는 젖은 눈으로 웃으며

어서 들어가시라고 선생님께 손짓한다

아이의 울음소리가 복도를 따라 길게 들어간다

돌아서는 여자의 발바닥은

아이의 울음소리에 자석처럼 붙어서

떨어지질 않는다

수레를 잡은 여자의 푸른 손등에 아이의

희미해진 울음소리가 눈물방울처럼 떨어지자

수레가 먼저 움직이기 시작한다

그만 가자고

—「그만」 전문

우리는 개인적 기억의 구성과 표현을 통해서도 삶의 복합성과 신비로움을 내밀하고도 구체적으로 경험할 수 있다. 우리 사회에 편재하는 모순과 억압을 응시하면서, 그것들이 시대를 달리하면서도 끈질긴 생존력으로 우리 사회를 여전히 감싸고 있음을 증언하는 김주대 시편들은, 그 점에서 개별적이고 순간적인 형상을 통해 삶의 지속적인 복합성을 암시하는 기능을 한다.

이 시편에는 고단한 일상을 살고 있는 한 여인이 구체적 형상과 시간을 몸에 두르고 등장한다. 여기서 '수레'와 함께 이른 아침에 어린이집에 와서 아이를 맡기는 "눈가 젖은 여자"는, 하루 노동으로 삶을 이어가는 우리 이웃들의 한 전형

일 것이다. 여자는 "젖은 눈"으로 아이를 향해 웃으며 돌아서지만, 돌아서는 발바닥과 아이의 울음소리가 서로 붙어 떨어질 줄 모른다. "그만 가자고" 하면서 움직이는 '수레'는 그렇게 서로 붙어 있는 것들을 떼어내면서, 삶의 고단함과 구체성으로 옮겨가는 순간을 암호처럼 명명한다. '그만'이라는 말이 가지는 '정지停止'와 '이제는'이라는 두 가지 뜻이 그러한 애틋함을 더없이 강조해준다. 더 나아가 시인은 「혹은,」 같은 작품에서도 한 사내의 비극적 생애를 "혹은 우리들의 생"으로 등치시키는 아린 정성도 보여주었고, "살아서 돌아오라고 벗어준/ 그대 울음"(「이현상」) 같은 역사적 캐릭터나 "까마득히 신의 손가락에 걸었던 알 수 없는 약속 하나를 완수 하기 위해"(「등정登頂」) 높이 오르는 사람들에 대한 경의 어린 기억들도 풀어 보여준다. 이는 모두 김주대 시편의 '기억'이 사적인 계기에도 불구하고 공동체적인 기억으로 나아가고 있는 것을 보여주는 실물적 사례들일 것이다. 가장 정치적인 동시에 감각적인 김주대 시편의 실재들인 것이다.

이처럼 김주대 시인은 현실과 주체의 상호 반응을 기록하면서 거기서 빚어지는 삶의 비애와 그럼에도 불구하고 어김없이 이어지는 삶에 대한 신뢰를 보여준다. 그럼으로써 그는 인간의 가능성에 대한 궁극적 긍정을 구체화하는 것이다. 말하자면 그는 반영(묘사)과 생산(표현)의 복합체로서의 서정을 통해 "생을 끝까지 밀고 간 자리마다/ 너무 커서 들리지 않는 몸의 말들"(「노숙자—서울 2014년 겨울」)을 따뜻하고도 정확하게 기록하는 것이다. 충분히 아프고 아름다운 그의 시편이 펼쳐지는 순간이 아닐 수 없다.

4.

그런가 하면 김주대 시편은, 감각의 형식으로 스스로를 실현하며 존재하는 운동체이기도 하다. 그의 시는 지난날의 비애를 심미적 감각의 형식으로 정성스레 담아내면서, 그 스스로도 배타적인 감각의 형식이 되고 있는 독특한 실체라고 말할 수 있다. 그것은 결벽에 가까운 조탁과 감상성 배제를 동반한 단정한 감각에 의해 가능한 세계이다. "뼛속으로 파도가 지나가는 서늘한 감각"(「해식동굴」)까지 확인하고 섭렵하는 그의 시편들이 한결같이 견고하고 밀도 있는 전언을 보여주는 것도, 이러한 그만의 '감각의 형식' 때문일 것이다. 그 안에는 우리가 잊고 살아가는 것들에 대한 상상적 복원 의지가 담겨 있고, 세상의 속도와 새것을 향한 짓눌림에 의해 지워졌던 인간의 실존과 운명의 표정을 낱낱이 형상화하려는 그만의 장인의식이 숨 쉬고 있다. 결국 그것은 인간 존재의 근원에 대한 관심이라고 할 수 있는데, 시인은 그 관심을 통해 새롭게 가다듬어가야 할 정신과 기율로서의 시를 꾸준히 써가는 것이다.

    너무 먼 어제로부터 여기까지 와서
    돌아누울 때마다 문신처럼 새겨지는 기억들 앞에 속수

무책이다

　내가 본 것을 사람들도 보았을까

　내가 본 것 때문에 다른 내가 되어서

　내가 들은 것 때문에 다른 노래를 부르며

　열꽃 피는 몸 안에 수장되려나

　육신의 병과 함께 시간의 깊이에 도달하려던 어리석음이

　갈 수 없는 곳에 닿을 때마다 흘러나오는 신음

　뒤척이면 불같은 열 번진다

　평화로운 애비가 되지 못한 죄로 악몽을 꾸다

　깨어 젖은 몸을 내려다본다

　강가 나뭇가지에 걸린 시신처럼 부은 몸

　지워지지 않는 기억들이 시반을 만든다

　손끝이 떨린다

　너무 먼 어제로 돌아가지 않기 위해 안간힘을 쓰지만

　기억을 입은 몸은

　한 번도 보지 못한 오랜 시간까지 내려가

　식은땀 쪽으로 돌아눕는다

　　　　　　　　　　　　　　　　　　―「생물 시간」 전문

　여기 날카롭게 재현되는 감각은, 일차적으로는 '생물 시
간'이라는 분명하고도 일회적인 시간에서 비롯되는 것이지
만, 그것은 마치 "너무 먼 어제로부터 여기까지 와서/ 돌아
누울 때마다 문신처럼 새겨지는 기억들"같이 반복적이고 점
층적인 에너지를 내장한 보편적 생의 원리이기도 하다. 아

닌게 아니라 "내가 본 것/ 내가 들은 것"은 모두 "다른 노래"
로 나아가 "시간의 깊이"에 도달하려는 열정으로 이어진다.
하지만 "갈 수 없는 곳에 닿을 때마다 흘러나오는 신음"처럼
시인은 "지워지지 않는 기억들"을 세어보는데, 그렇게 "기
억을 입은 몸"으로 시인은 오랜 시간의 밑바닥까지 내려간
다. 이때 우리는 "몸이 다 젖도록 시를 받아들이는"(「완전한
소통」) 시인의 참모습을 발견하면서 그가 "문자로 세상에 온
한 사람이 해독하기 힘든 의미로 살다가 문자처럼 지워졌다
고 또 다른 문자가 기록해줄"(「시인」) 마음의 소유자임을 알
게 된다. 그러니 '생물 시간'은 그 자체로 '시의 시간'이었을
것이다. 그리고 그렇게 씌어진 "험한 길 천 리 벼랑을 타고
와/ 어둠을 내려치고 떠난 절명시 한 수"(「섬전암閃電巖」)야말
로 김주대가 가 닿으려는 궁극의 언어일 것이다. "시만 쓰
다 죽어 바람도 불꽃도 되지 못하면"(「생물학」) 아무것도 아닌
생애처럼, 김주대는 "대지를 시커멓게 쓸고 지나가던 바람
이 봄이 되면/ 풍경의 끝에 붉은 꽃 한 송이를 낙관처럼 찍
어놓는"(「문인화」) 것처럼 시를 쓰고, "아이처럼 울다 간 노래
는 언제나 세상을 홀로 거어 다닌 나의 풍습"(「나의 노래는」)인
것처럼 자신의 '노래=시'가 지상에 남을 것임을 힘주어 고
백하는 것이다.

> 쪼그려 앉아 귀를 세우고
> 아주 멀리서 왔으므로 무척 작아진 소리를 듣는다
> 새싹은 하나의 이념

사장 깊이 이르러서

가장 얕은 곳으로 올 줄 아는 이의 약속이다

우주 이래, 지구 이후

흘러온 기억의 개화

우주에서 음표 하나가 빠져나와

이토록 작고 푸르다

불가사의는 하찮게 실현되고 이념은 클수록 소박하다

햇볕 속에 단 하나의 세계를 건설하고

음악으로 돌아간다

—「화엄경」 전문

  '화엄경'은 부처의 가르침을 훌륭하게 드러낸 작품으로 간주되어온 방대한 분량의 대승불교 경전이다. 그런데 시인은 그 '화엄경'의 진언과 줄거리를, "아주 멀리서 왔으므로 무척 작아진 소리" 속에서, 쪼그려 앉아 귀를 세우고 듣고 있다. 가령 그에 의하면, 가장 깊이 이르러 가장 얕은 곳으로 오는 이의 약속처럼, 우주론적 스케일의 "기억의 개화"는 작고 푸른 '음악'으로 결국 귀속되는 것이다. 일찍이 페이터W.Parter는 "모든 예술은 음악의 상태를 동경한다"라고 말했거니와, 결국 김주대 시편도 "햇볕 속에 단 하나의 세계를 건설"한 후 궁극적인 '음악'으로 돌아가려는 의지를 통해 '화엄경'의 의미론을 완성하고 있는 것이다. 그 안에는 "왜소한 한 인간의 슬픔이 자연으로 거대해지는"(「확장되다」) 순연한 감각의 전화轉化 과정이 있고, "철조망 둘러진 허공이 오선지 같다/ 새 한 마리 음표처럼 앉아 있다// 음악이 시작되려나"(「임진각에서」)에서처럼 '음악'에 대한 시인의 예민한 의식이 오롯하게 담겨 있다.

> 깜깜한 벽 안에 고막 같은 목숨을 걸어놓고
> 외로운 영혼이 북처럼 울 때
> 울음은 빛이 가지 못하는 길을 가서
> 떨며 벽을 통과한다
> 어둠을 뚫고 어둠 너머까지 공명하는 울음
> 흐느끼는 소리 좁은 어깨가
> 벽을 넘어 사무친다
>
> —「울음의 물리학」 전문

'울음'이라는 감각은 "깜깜한 벽" 안에 목숨을 걸어놓고 그 '벽'을 통과하는 "외로운 영혼"을 북처럼 울린다. 그렇게 '울음'은 "빛이 가지 못하는 길"을 지나서 우리로 하여금 "어둠을 뚫고 어둠 너머에 공명하는 울음"에 가닿게 한다. 이처럼 '울음의 물리학'은 '벽'을 넘어 '어둠'을 넘어 새롭게 열리는 삶의 한 중심으로 차츰 번져간다.

그때 비로소 우리는 "어둠을 치고 간 비애"(「눈길」)들도 그어둠의 힘에 의하여 하나하나 지워져갈 것임을 알게 된다. 이렇듯 김주대 시편들은, 생의 활력을 노래할 때는 세련되고도 격정적인 감각을 품고 있고, 비애나 통증을 담아낼 때는 매우 구체적 실감들을 안고 있는 것이다. 그 점에서 그는 우리 서정시의 감각과 사유에서 새로운 진경을 확연하게 일구어낸 것이다.

5.

우리는 이번 김주대의 신작 시집을 통해 '시'가 전해줄 수 있는 가장 강렬한 시간의 심급들을 경험하였다. 그만큼 이 시집은 감각과 기억과 서사를 시적 근간으로 하면서, 우리로 하여금 개인적 차원과 공동체적 차원의 시간을 다양하고도 심층적으로 경험케 하는 유력한 시적 실재를 제공했다고 할 수 있다. 우리는 그 심급들이 우리 삶을 관통하는 구체성의 실재적 재현과 해석에 토대를 두면서, 동시에 시인 개인의 삶에 얽힌 상처를 넘어서게 하는 힘을 가지고 있음을 알게 된 것이다.

생각해보면, 우수한 서정시는 자신의 반대편에서 그 뒷모습을 안타까움과 투명성으로 바라볼 줄 아는 자기 성찰의 품을 가지고 있다. 뒷모습을 은폐하지 않고 그것을 드러내어 자신의 온몸으로 견뎌내는 일, 곧 자기도 모르게 자신의 내부에 확산되어가는 속물 의식에 대한 반성적 의식이야말로 서정시의 가장 위대하고 고유한 몫일 것이다. 김주대의 시세계는 그러한 성찰의 힘에 의한 가능성으로 충만하다는 점에서, 서정시의 으뜸 형질을 구현하였고, 시인은 그 힘을 통해 지난했던 '추억'의 시간을 지나 더 넓은 '세상'의 시간으로 나아온 것이다.

그러고 보니 시집 말미에서 시인인 "시집 발간에 도움을 주신 분들, 눈물을 호명합니다"라고 말함으로써, 시집의 상재 배경에 동시대 이웃들 간의 남다른 협업과 상호 돌봄이 있었음을 알린다. 그야말로 "서로에게로 사라지는 서로를 향해 살의 마지막 한 점까지 옮기는 의식"(「애무하다」)을 보여준 것이다. 이처럼 남다른 감각과 기억과 서사의 미시물리학을 보여준 김주대의 이번 시집은 그 낭만적 진정성과 열의로 우리 시단을 출렁이게 할 것이다. 참으로 아름답고 애잔하고 가멸차지 않은가.

시집 발간에 도움을 주신 분들. 눈물을 호명합니다.

ALLY LEE rosamin(민정희)

강나기(손광락) 강난희(김동욱) 강연지 강영석 강윤숙 강인원(권갑례 강호경 강연제 이지영 강지호) 강준희 구철회 권오견 권지영 권택상(nico kwon) 권현영 김립 김경혜 김광일 김귀남 김기환 김남희 김대석 김덕곤 김동옥(은용수) 김동원 김동진 김두열 김말화 김미경 김미숙 김민수 김범수 김봉욱 김석환 김선희 김수연 김숙진 김영윤(김순단) 김예지 김예은 김용국 김위삼 김윤철 김은희 김의승 김재우 김정균 김정신 김종숙김종우 김종철 김주익(형님) 김준석 김지혜(나무와달) 김진섭 김창영 김철환 김춘 김해경(남용식) 김현산 김혜정 김화자 김화자

나현경 노귀선

류근 류재연(류씨) 류주욱

마승희 멍석김문태 문정숙 문충석 문원민(문아리 문마리) 민정희

박경분 박경숙 박경원(부인, 어머니와 함께) 박계순 박동식 박민정 박상률 박세문 박수범 박용미 박유하 박재웅 박정미 박정신 박정영 박정일 박종덕 박종호 박지숙 박훈 백영일 백은주 백재준 백중기 백형근 변기주 봄날이었다 비빔밥맥주생수를위해

서명진 서성호 성귀순 성낙진(김은진) 성수영 손윤영 손일호(Ⅲ sohn) 손창연 송정은 송태윤 송현상 신성원 신정호 신지영 신형주 신혜선 심상우

안근식 안명숙 안상욱 안호진 양승은 양은미 양인숙 양재황 영시미 오세인 오정화 옥혜수 우한기 우희정(김화숙) 원애리 유병록 유병찬 유수경 유진아 유영훈 유이순 윤병권 윤수현 윤정근 은용수 이강윤 이귀복(진민) 이기현 이길호 이동영 이명익 이문숙 이미경 이미화 이봉호 이상제 이선희 이순연 이승철(이진희 이정원 이정인) 이언옥 이연재 이용식 이용훈 이우연 이유주현 이유진(바람꽃) 이윤경 이윤미 이윤형 이은경(서초구에 사는) 이은경(용산구에 사는) 이은숙 이은정 이은희 이재성 이정연(가족들과 함께) 이종수 이지현 이지호 이진경(철학자) 이진경(학생) 이찬구 이찬희 이창윤 이춘도 이탁렬 이향지 이현주 이혜지 이효숙 이흥렬 임오근 임재택 임정미

장기용(man rain) 장대식 장성렬 장인숙 장정희 장홍만 전

두학 전영순 전희경 정희 정근화(김화자 이진경 이지현 성수영 인상욱 이지호 정은수 권현영 김준석 정용진 이현주 이찬희 김석환 이현주 이찬희 김석환 이재성 김민수) 정둘남 정범구 정상영 정성인 정순안심(jean yim) 정신숙 정애영 정영덕 정영주 정영훈 정용진 정은수 정효식 정희창 제니퍼김령은 조경희 조미화 조윤진 조재환 조향미 조현수 조현제 주금숙 진미영

채미옥 천영기 최관용 최보기 최삼경 최성경 최승혜 최영란 최영순 최원녕

큰하늘

한남숙(namsook han) 한상호 한승춘 한현정(지혜림) 한효석(안골털레기) 함인수 함정민 허완숙 현명환 현민호 홍명인(홍은미) 홍미경(홍정원) 홍순철 홍은미 홍정순 황순경 황용수